'우리라서 좋아'라고 말해주고픈
사람과 함께 빈칸을 채워보세요!

♡

우
리
라
서
좋
아

---------- · ---------- 지음

우리라서 좋아

규찌툰 사서함에 도착한 사랑의 순간들

차례

프롤로그_

누군가를 사랑하고, 누군가에게 사랑받는 일은 … 10

1 부

우리 사랑은 ♡ 규찌툰 사서함에 도착한 사랑의 순간들

1화

널 좋아해

1 ♡ 우리도 해볼래, 연애? … 014

2 ♡ 바보야, 하루 종일 기다렸어 … 018

3 ♡ 여자가 먼저 좋아하면 어때 … 029

4 ♡ 눈치 없는 너 … 033

5 ♡ 사실 기다리고 있었어요 … 038

6 ♡ 네가 내 첫사랑이야 … 041

7 ♡ 인연은 생각지 못한 곳에서 시작된다 … 050

8 ♡ 더 좋아하는 사람이 먼저 다가가면 돼 … 054

9 ♡ 성급했던 게 아니였어 … 058

10 ♡ 사랑이 시작되는 타이밍 … 062

2화

우리 사이,
깊어질 시간

1 ♡ 아직도 설레는걸 … 068
2 ♡ 말하지 않아서 몰랐어 … 072
3 ♡ 사소한 것도 기억해주는 사람 … 077
4 ♡ 연애를 하다 보면 싸울 때도 있지 … 082
5 ♡ 좋아해서 미안해 … 087
6 ♡ 시간이 지나도 변치 않는 사랑 … 091
7 ♡ 지금은 힘들어도 괜찮아 … 094
8 ♡ 장거리 연애 중입니다 … 098
9 ♡ 네가 없어도 괜찮을 줄 알았어 … 104
10 ♡ 나를 일으켜준 건 너야 … 110
11 ♡ 이렇게 불안한 건 왜일까 … 117
12 ♡ 헤어질 수 없는 이유 … 121

3화

때로는
눈물 나는 날도

1 ♡ 나는 기다리는 사람 … 126
2 ♡ 사랑이 노력으로 될까요? … 132
3 ♡ 진심을 말할 수 없어서 … 138
4 ♡ 사랑하는데 헤어지는 게 말이 돼? … 146
5 ♡ 아무렇지 않은 이별은 없다 … 150
6 ♡ 헤어지고 난 뒤에도 … 156
7 ♡ 사랑에 자격이 있을까요? … 160
8 ♡ 한밤중의 통화 … 164
9 ♡ 너를 잊을 자신이 없어 … 170

2 부

연애를 묻다

우리가 궁금한 연애의 질문에 규찌가 답하다

1 연애에도 조울증이 있나요? … 176

2 제 진짜 모습을 보여줘도 될까요? … 178

3 군화를 기다리고 있습니다 … 186

4 제가 더 좋아하는 것 같아요 … 188

5 다이어트가 무섭습니다 … 194

6 언제까지 기다려야 할까요? … 198

7 저는 바쁜 남자친구입니다 … 202

8 여자친구의 마음이 궁금해요 … 204

9 우리는 너무 달라요 … 208

10 친구가 프로포즈를 받았어요 … 212

11 해줄 수 있는 게 많지 않아 속상해요 … 217

12 싫어도 티를 못내요 … 224

13 하고 싶은 말이 있어요 … 228

14 위로가 되어주고 싶어요 … 235

15 싸움을 크게 만들고 싶지 않아요 … 239

16 행복한 연애란 어떤 걸까요? … 241

17 이 마음 변치 않고 싶어요 … 246

부 록

규찌의 그때와 지금 ♡ 규찌 커플의 6년차 러브 스토리

1 ♡ 6년 전 그날엔 … 254

2 ♡ 그걸로 주세요 … 256

3 ♡ 그땐 그랬지 … 258

4 ♡ 그때랑 지금은 달라 … 260

5 ♡ 연하남 … 262

6 ♡ 나이가 무슨 상관이람 … 264

7 ♡ 이 사람이다! … 266

8 ♡ 안돼, 돌아가 … 268

9 ♡ 박력 … 270

10 ♡ 손을 뻗으면 … 272

11 ♡ 배고파서 그래 … 274

12 ♡ 행복해서 그래 … 276

13 ♡ 매일 기록 경신 중 … 278

14 ♡ 웃게 해줄게 … 280

15 ♡ 여전히 예쁘다 … 282

프롤로그

누군가를 사랑하고,
누군가에게 사랑받는 일은

벌써 몇 년이라는 시간이 흘렀어요.
처음에는 단순하게 우리의 추억을
기록으로 남기고 싶다는 생각을 했어요.

사랑을 하면서 행복한 순간도, 힘든 순간도 있었고,
또 어떨 때는 서로를 이해하지 못해 답답함에
눈물을 흘리는 날도 있었어요.

다른 사람이 아닌 나를 위해서,
있는 그대로의 모습을 그려낸다는 마음이
많은 사람들의 공감을 얻었고,
또 그림을 보고 위로 받았다는 사람들이 늘어났어요.

그래서 나만의 이야기가 아닌
우리의 이야기를 그려보자는 생각을 했고,
이번 책에는 제 책을 사랑해주신 독자분들의
사연을 담아 보자고 마음먹었죠.

정말 많은 분들이 사연을 보내주셨고,
저도 사연을 읽는 내내 울고 웃으며
연애 초반으로 돌아간 것 같은 설렘을 느꼈어요.

짧다면 짧고, 길다면 긴 6년이라는 시간 동안
행복했던 순간만큼 긴 힘든 순간들이 있었지만
모든 이야기의 끝이 '그래도, 보고 싶다.'로 끝난 것처럼

당신의 이야기도 그러길 바라요.

1부

우리 사랑은

규찌툰 사서함에 도착한 사랑의 순간들

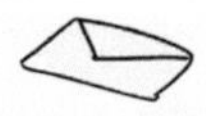

우리도 해볼래,
연애?

야 내 친구가
남친이랑 진짜
알콩달콩 했거든?
근데 남친이랑
싸워서 울고불고...
같이 욕하고 그랬는데

헤어질거라고 만나고 온다더니
1초만에 화해해서 잠수타더라
으아아

야
우뚝
쾅
으악

우리도
해볼래?

현지의 한마디

이 고백, 심쿵이에요. 고백했다가 자칫 친구 사이까지 깨어져버릴까, 면전에서 거절당할까 고민 많았을 텐데… 역시 용기 있는 자가 사랑을 쟁취하는군요. 혹시 지금, 사랑과 우정 사이에서 머뭇거리고 있는 분이 계시다면 이 사연을 보고 용기 내보셨으면 좋겠어요!

두 번째 사연

바보야,
하루 종일 기다렸어

복도에서 우연히 본 그 아이는

제가 봐왔던 그 어떤 여자보다 아름다웠어요

그렇게 처음 그 아이를 보고난 후

저는 며칠 동안이나 상사병 때문에 괴로워했어요

그 아이와 자연스럽게 친해지고 싶었지만
그 아이는 이과, 저는 문과라 반이 달랐어요

그러나 이대로 속앓이만 계속할 순 없다는 생각에
용기를 내서 그 아이에게 쪽지를 건네기로 마음먹었어요

대망의 날, 청소시간이 끝나고
사람들이 없는걸 확인하곤 그 아이의 이름을 불렀어요

그러자 그 아이가 토끼 눈을 하고선 쳐다보더라구요

전 심장이 멎는줄 알았어요

너무 떨리고 긴장되고... 예쁘고...

저는 어버버하며 매점에서 산 초콜릿과 사탕,
그리고 제 마음을 적은 쪽지를 건넸어요

그 아이는 얼떨결에 제 쪽지와 선물들을 받고
'이건 뭐고 넌 누구야?'라는 눈으로 절 보더라구요

그 아이의 눈망울에 담긴
긴장한 제 얼굴이 너무나 추해 보여서

고개를 숙이고 도망갔어요

전 교실에 도착하자마자 울었어요
좋아하는 애 앞에서 바보같이 도망치다니...

하루 종일 친구들이 위로해줬어요

그렇게 밤잠을 설치고 다음 날,
혹시나 그 애와 마주칠까봐 하루 종일 교실에 박혀 있었어요

외워지지 않는 단어들을 억지로 읽으며
빨리 야자시간이 끝나길 기다렸어요

그런데 그 때
누가 뒷문으로 들어왔어요

그 아이가

천사같이 웃으며 제게 오고있었어요

그 애는 우리반 아이들의 시선은 상관없다는 듯

제게 쪽지를 건네며 말했어요

바보야
왜 이렇게 반에서 안 나와?

하루 종일
기다렸잖아

그렇게 저와 그녀는 그 해 수능이 끝나고

2011년 11월 11일부터 연애중입니다

현지의 한마디

짝사랑이 이루어지는 것만큼 짜릿한 일이 있을까요? 저희 커플의 첫 만남이 생각나게 하는 귀여운 사연이에요. 페이스북을 통해서 제 사진을 본 규호가 먼저 다가와준 덕에 이렇게 인연을 맺을 수 있었거든요. 그때 남자친구도 분명 이런 마음이었을 거예요. 저도 마찬가지고요. 풋풋한 첫 만남을 오래오래 추억할 수 있기를 바랄게요!

여자가 먼저 좋아하면 어때

중학교 1학년부터 제일 친한 남사친이 있습니다

그래서 남사친 형을 처음 봤는데
분위기며 말투며 쓰는 단어 하나하나 목소리까지

'내 사람이다!' 라는 느낌을 받았습니다

그래서 바로 그 날 저녁부터

라고 들이대기 시작했고

그 후 한 번도 헤어진 적 없이 열심히 사랑 중입니다

현지의 한마디

예전에는 상대방이 먼저 다가와주길 기다리기만 했던 것 같아요. 제 감정을 표현하는 일이 영 쑥스러웠죠. 그런데 이제는 알아요, 감정을 솔직하게 표현할 줄 아는 게 얼마나 멋진 일인지요. 여자분, 너무 멋있고 사랑스러워요!

네 번째 사연

눈치 없는 너

그 사람은 날 너무
편하게 생각해서
내가 좋아하는지
몰라

와~ 내 말고
편한 남자도 있나?

내가 더 편해져야겠다

누구지
누나가 좋아하는
그 사람...

새벽 2시,
내가 좋아하는 사람에 대해 궁금해하던
너와의 톡은 날이 새도록 끊기질 않았다

이런 내 마음을 아는지 모르는지

쿵

결국 메시지에 꾹꾹 눌러담은 마음을 보내고

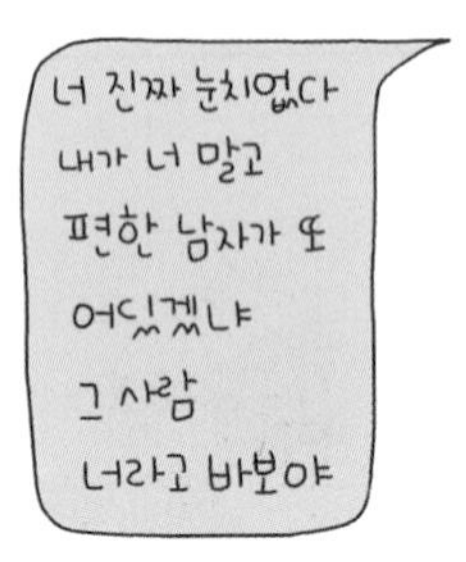

우리 사이가 멀어지지 않길 빌었다

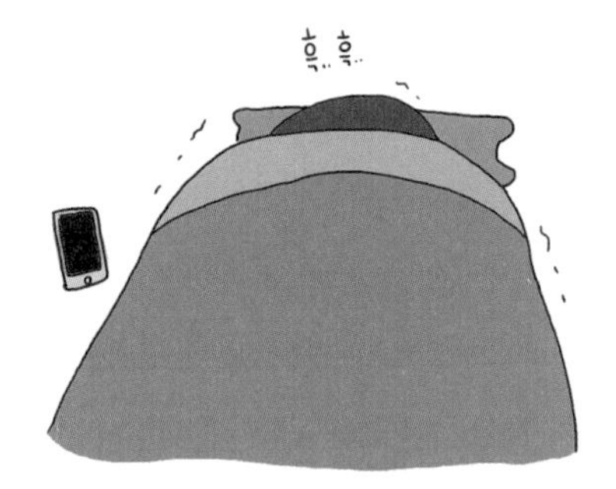

누나! 내일 아침에
전화 내가 할래!

그렇게 우리의 첫날이 시작되었다

현지의 한마디

두 사람이 주고받던 메시지를 남들이 봤다면 틀림없이 모두가 눈치챘을 것 같네요. 두 사람만 모르고 서로 맘 졸여왔을 걸 생각하니 제 마음이 다 간지러워요. 이 사랑스러운 커플들처럼 누군가는 당신의 솔직한 마음을 기다리고 있을지 몰라요! 오늘, 고백해보는 건 어떨까요?

사실 기다리고 있었어요

처음 만난 겨울, 저는 편의점 알바였고
그 애는 근처 가게 알바여서 자주 심부름을 왔어요

하루는 제가 평소보다 일찍 알바를 교대했어요

그런데 다음 날...

현지의 한마디

아르바이트로 돈만 벌 수 있는 게 아니라 사랑도 벌 수 있는 거였나요? 한 번이라도 더 편의점에 가려고 기회를 엿봤을 남자분과, '오늘은 안 오나' 하며 기다렸을 여자분의 모습이 절로 상상되네요. 첫 만남처럼 풋풋하고 귀여운 연애하시길 바랄게요.

네가 내 첫사랑이야

중학교 동창이었던 너에게 졸업하고 약 4년만에 연락이 왔다

내게 너의 연락은 정말 의외였다

중학교 때부터 욕도 안 하고 화도 안 내고 매너도 좋아서

여자애들에게 인기가 많았던 네가 나에게 연락이라니

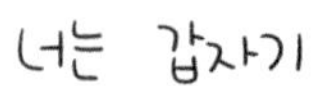

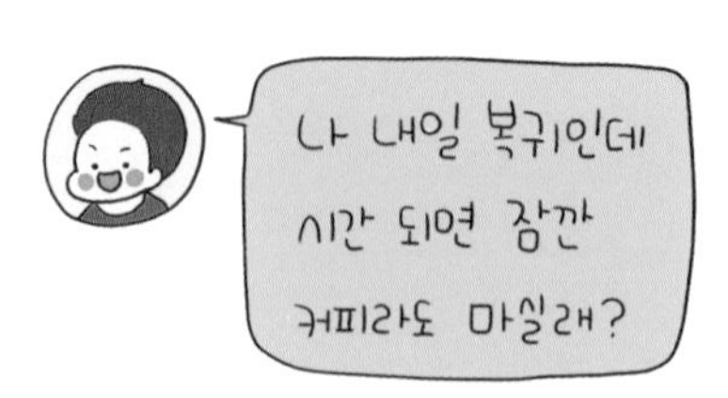

하고 물었다. 참 괜찮았던 너라 궁금했다

잠깐 커피만 마시기로 했던 우리는 영화도 보고 밥도 먹었다
정말 친했던 친구를 만난듯 나는 조잘조잘 떠들었다

복귀한 뒤에도 우린 꾸준히 연락했다
나는 점점 헷갈리기 시작했다

오해하지않으려 최선을 다했다

우린 자연스럽게 너의 휴가 때마다 만났다
화장도 안 하던 내가 화장을 하고 널 만났지만

나도 모르게 거리를 두었다
그렇게 우린 멀어졌다

이번엔 내가 너에게 먼저 연락을 했다
너는 예전보다 차가워졌다

요즘 바빠?
연락도 없고 전화도 없네

응ㅎㅎ

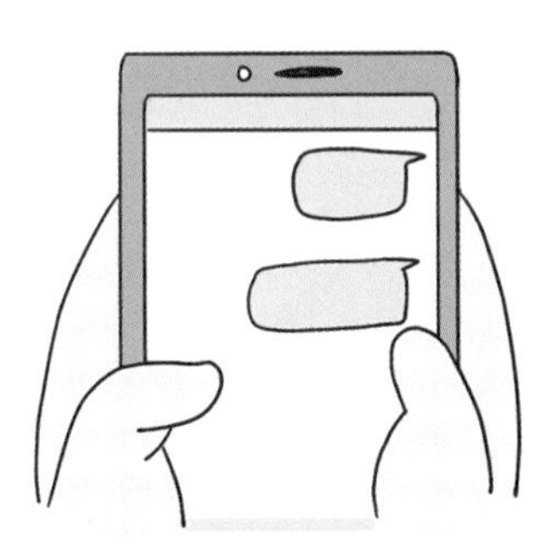

나는 네가 메시지를 읽고 씹어도
끈질기게 다시 보내며 적극적으로 내 마음을 알렸다

어느 날, 속상해서 술을 마셨다

누군가의 핸드폰에서 메시지 소리가 들렸다

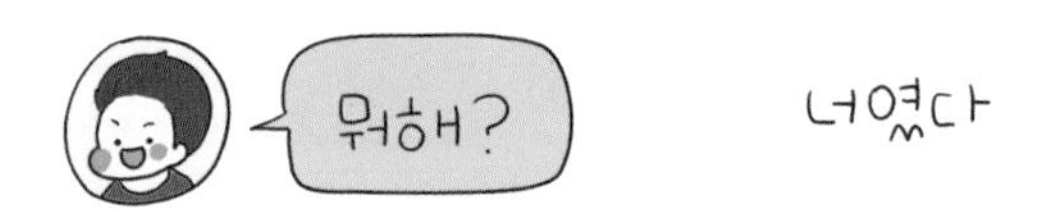

너였다

나도 모르게 하고 싶은 말을 다 했다

어..?

여보ㅅ…
너 진짜
나 좋아해?

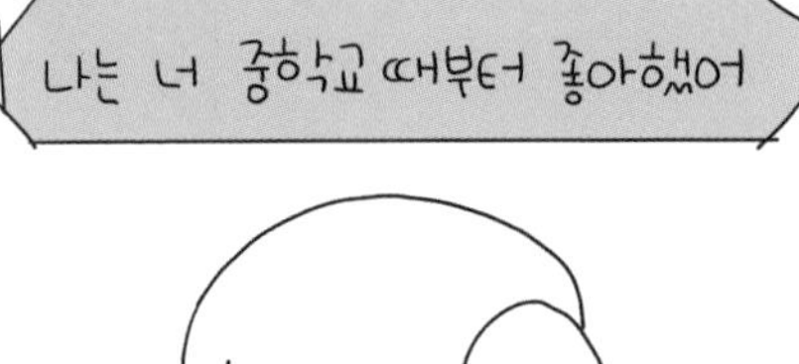
나는 너 중학교 때부터 좋아했어

중학교 때부터 쭉 너한테 남자친구가 있어서 고백을 못했어
나는 너 정말 많이 좋아해

너랑 연락 안 하는 4년 동안 나는 여자친구 사귄 적도 없고
너만 생각했어
너는 내 첫사랑이고 이상형이고
내가 7년째 짝사랑해온 사람이야

현지의 한마디

짝짝짝, 너무 축하드려요! 7년에 걸친 순애보의 결실을 맺으셨네요! 7년은 절대 짧은 시간이 아니잖아요. 오랜 시간이 걸렸지만 그렇기에 더욱 소중할 것 같아요. 오래 기다려온 만큼 변치 않는 사랑하셨으면 좋겠습니다!

인연은 생각지 못한 곳에서 시작된다

꽃이 흩날리는 어느 봄날, 저희는 처음 만났습니다

친구의 연인으로서요

그날 술을 마시며 서로 친해졌지만
따로 연락은 안 하던 사이였어요

그런데 어느 날,
저희는 연인의 비밀을
알게 되었고

이 일을 계기로
앞으로 어떻게 해야 할지
서로 고민을 하며
연락을 이어나갔습니다

그러던 어느 날, 저희는 각자 연인과 이별을 했고
왠지 만나야할 것 같아서 만났습니다

오랜만에 봤더니 더 예뻐졌더라구요

비록 서로 힘든 일 때문에 만나게 되었지만

그래서 서로 많이 의지하며 끈끈하게 만나고 있습니다

현지의 한마디

드라마 같은 이야기네요. 시련은 아프지만 분명 사람을 단단하게 만들어줘요. 힘든 일을 겪고 단단해진 두 사람이 만났으니 누구도 방해하지 못할 사랑을 하게 되실 거예요. 아팠던 만큼 더 행복한 사랑하세요!

더 좋아하는 사람이 먼저 다가가면 돼

처음 썸일때 같이 영화를 보기로 했어요
근데 제가 아직 사귈만큼 오빠가 좋지않았어요

며칠간의 고민 끝에
마음을 접으려고 했어요

오빠 ㅠㅠ 죄송한데
저 몸이 아파서
영화 못 볼 것 같아요
담에 봐요

그래서 맘 편히 집으로 갔는데

현지의 한마디

사실, 두 사람 중 한 사람만 먼저 다가가도 거리는 좁혀질 수 있어요. 내가 다가가면 부담스러워하진 않을까, 고민하고 있다면 이렇게 생각해봐도 좋을 것 같아요. '우리 사이의 거리를 내가 좁혀볼 수 있다'라고요. 지금, 한 걸음 다가가고 싶은 사람이 있나요?

성급했던 게 아니었어

각자 헤어진 지 얼마 되지 않았던 너와 나는

소개받기를
몇 번이나 거절했지만

예전부터 꼭 우리 둘을
연결해주고 싶었다는 친구의 조름에

기가 막힌 타이밍으로 여기까지 이어졌다

불꽃같이

팍 튀지는 않았지만

첫 만남부터 지금 이 순간까지

잔잔하게 이어온 우리의 사랑이 너무 좋아

그때 우리가 내린 결정은

절대 성급한 게 아니었어

현지의 한마디

예전엔 드라마나 영화처럼 불꽃 튀는 뜨거운 사랑이 진짜 사랑이라고 생각했었어요. 하지만 사람을 만나보고, 또 주변 사람들의 이야기를 들어보니 미친 듯이 싸우는 전쟁 같은 사랑도 사랑이고, 미지근한 모닥불 같은 사랑도 사랑이더라고요. 중요한 건, 지금 하고 있는 사랑이 내 마음에 드는 거예요. 앞으로도 큰 풍랑 없이 잔잔한 사랑 이어가셨으면 좋겠어요.

열 번째 사연

사랑이 시작되는 타이밍

그 새벽은
잊을 수가 없어

너무 설레서 무서웠는데
흐지부지 될까봐 무서웠는데

그 날은
무슨 용기였던걸까

떠날 사람이라면 빨리 사라져줬음 하는 마음이었던 걸까
떠나지 말아 줬음 하는 마음에서 나온 충동이었을까

외롭다고 찡찡대면서 서로에게 미루는
그 상황에서 벗어나고 싶었는지도 몰라

날 좋아하는 주제에, 널 좋아하는 주제에
서로가 서로를 좋아하면서 고백은 안하고

야 장난치지마
괜히 설레게
ㅋㅋㅋㅋ

나 그런걸로 장난치는 사람 아닌데

그 날의 모든 말들, 숨소리까지 똑똑히 기억난다

너무 떨리고 따뜻했던 새벽 4시 38분

현지의 한마디

'고백'이라는 단어는 왜 이렇게 두근두근할까요? 이 사연을 읽는 동안 왠지 모르게 저까지 숨죽이게 됐어요, 하하. 여러분, 우리 꼭 기억해요. 고백하기 좋은 시간 새벽 4시 38분!

아직도 설레는걸

헤헤
꽃 예쁘다~ 고마워

사랑이란 게 원래 시간이 지날수록~
설렘보다는 편안함이 자리 잡나요
오빠는 나랑 있으면 아직도 설레?

...

스윽

현지의 한마디

오랜 연애에 편안함만 있는 건 아닌 것 같아요. 변함없는 사랑이 느껴질 때, 연애 초반의 장면이 겹쳐질 때, 불쑥불쑥 예기치 못한 순간에 심장이 콩콩 뛰거든요. 그리고 그런 순간은 대부분 서로에게 노력할 때 만들어지더라고요. 상대방의 소중함을 늘 기억하면서요.

말하지 않아서 몰랐어

남자친구는 학교 때문에
제가 사는 지역에서 기숙사 생활을 하고 있어요

그래서 이 지역 지리에 대해 잘 모르는 편이에요

근데 항상 만나면 그 지역 토박이인 저보다
음식점, 카페 등 어디든 잘 찾아가더라구요

저는 '원래 길을 잘 아는구나'라고만 생각했어요

그런데 비밀이 숨겨져 있었어요

저와 만나기 전에 지인 또는
인터넷 검색 등으로 맛집을 추천받고,

약속 시간보다 30분~1시간정도 일찍 도착해서
그 주변을 다 돌아다녔더라구요

그 맛집은 어디에 있는지, 그 다음엔 어디를 가면 좋을지
데이트 코스를 정해놓은 거였어요

매번 저보다 일찍 도착해있길래 언제 왔냐고하면

이런대답을 했는데,

그 추운날에 그런 고생을 했다는걸
깨닫고 감동받았어요

현지의 한마디

작은 배려는 잘 보이지 않지만 결국 상대방을 감동시키는 힘이 있어요. 반면, 작아서 지나치기 쉽죠. 그래서 그 배려를 발견했을 때의 감동이 더 큰 것 같아요. 작은 배려를 잃지 않는 두 분이 되길 바랄게요.

사소한 것도 기억해주는 사람

저는 엘리베이터도 없는 빌라의 작은 옥탑방에서

엄마, 언니와 셋이서 행복하게 살고 있어요

우리집은 꼭대기층인데
엘리베이터도 없고
여자들만 있잖아
수박 들고 계단
오르기 힘들어서
안 먹어 ㅎㅎ

그렇구나..
흠...

- 다음 날 -

까똑
자기야
문 열어봐
ㅋㅋㅋ
ㅋㅋㅋ
??

놀러 왔나?
끼익

엄마도 언니도 그리고 저도 어쩌나 가슴이 뭉클하고 고맙던지..

작은 것 하나도 허투루 들어 넘기지 않는 그 사람이 참 고마워요

현지의 한마디

내가 말한 것도 까먹을 정도로 사소한 한 마디를 상대방이 아주 중요하게 생각하고 기억해줬을 때, '아, 내가 사랑받고 있구나!'라고 느끼게 되죠. 남자친구 분이 수박을 들고 힘들게 계단을 오르면서도 왠지 얼굴엔 한껏 미소를 머금고 있었을 것 같아요. 이 날 받은 소중한 감정을, 언젠간 남자친구 분께도 되돌려드리길 바랄게요!

네 번째 사연

연애를 하다 보면 싸울 때도 있지

650일을 넘기고 있는 커플입니다

500일을 기점으로 계속 싸우고 헤어지고 다시 만나기를 반복했죠

얼마 전 밥을 먹는데 그 전날도 싸우고 만난터라
싸한 상태였고 그날도 메뉴 정하는 문제부터 부딪혔어요

결국 제가 먹고 싶은 매운 맛으로 주문했고
매운걸 못 먹는 남자친구는 먹다말고 숟가락을 내려놨어요

저는 아무 말도 못 하고 고개숙이고 먹기만 했는데

남자친구는 아무 말 없이
제가 좋아하는 낙지를 골라서
제앞에 놔주더라구요

꿈임없이 권태를 겪고 부딪혔지만
남자친구는 예전 그대로의 마음인 것 같아요

현지의 한마디

'규찌 커플도 싸울 때가 있나요?'라는 질문을 꽤 많이 받았어요. 물론 연애를 하다보면 싸울 때가 있지요. 다만, 헤어지기 위한 싸움이 아닌 '더 나은 우리'를 위한 싸움을 해요. 서로 다른 환경에서 자란 두 사람이 하나가 되려면 대화도 많이 하고, 치열하게 싸워보고, 서로 양보하고 이해해줄 것들을 찾아야하죠. 지금 무엇을 위해 싸우고 계신가요? 한 번쯤은 생각해보시길 바라요.

좋아해서
미안해

저희는 첫눈에 반했습니다

하지만...

입대가 코앞인 시점이었습니다

힘들어하는 이 아이에게 뭐라고 해줘야 할지 몰랐지만
저 역시 이 아이를 놓치고 싶지 않았기 때문에

영수증 뒤에 몇 마디를 적어 건넸습니다

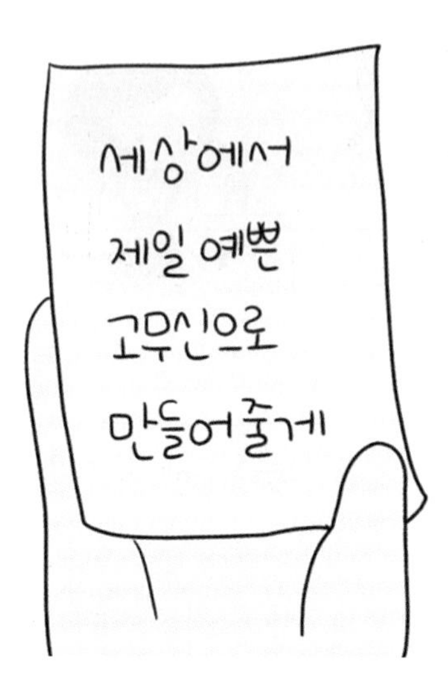

그렇게 우리는 연인이 되었습니다

현지의 한마디

좋아해서 미안하다는 말도, 영수증 뒷면에 꾹꾹 눌러 담은 마음도 너무 애틋한 사연이었어요. 제가 고무신이었던 시절도 생각나요. 지금쯤이면 기나긴 군 생활을 이겨내시고 예쁜 꽃신을 신으셨겠죠?

시간이 지나도 변치 않는 사랑

저희 엄마아빠는 같이 사시면서 한번도 떨어져 지낸 적이 없었는데
어느 날 엄마가 여행을 가게 되셨어요

그런데 엄마가 없는 일주일 동안 아빠는 매일 밤 소파에서
얇은 담요 하나만 덮고 주무시더라구요

계속 들어가서 주무시라고 해도 소용없었어요

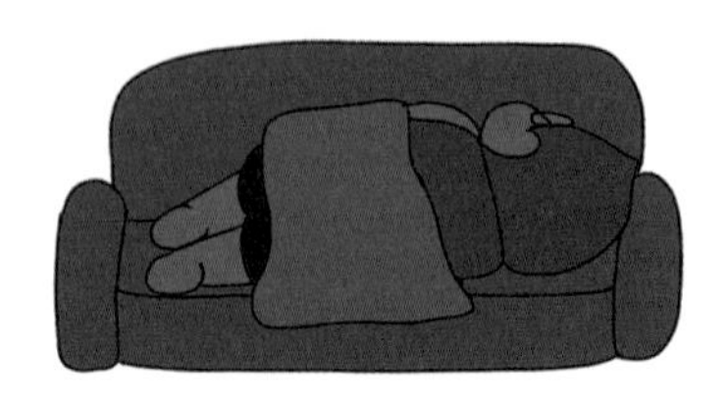

현지의 한마디

이런 로맨티스트가 또 있을까요? 나이가 들수록 사랑보다는 의리로 산다고들 하지만 저도 이런 낭만을 잃지 않고 싶어요. 상대방의 빈자리를 크게 느낄 줄 알고, 함께 나이 들어가는 즐거움을 찾아내면서요.

지금은 힘들어도 괜찮아

학교를 다니다가 남자친구가 군대를 가겠다고 휴학을 했어요
그런데 지원하는 곳마다 계속 불합격했어요

그럴 때마다 저는
남자친구를 위로해주었지만

남자친구도 잦은 불합격에 조금은 의기소침해 보였어요
저도 점점 왜 그럴까.. 하면서 너무 속상하다는 생각 뿐이었죠

근데 그때마다 남자친구가

남자친구에겐 미안하지만 그 말을 들을때마다
사랑받는 느낌이 들어서 참 행복했어요

현지의 한마디

로맨티스트들이 다 여기 모였나 봐요! 기분이 좋지 않을 텐데도 여자친구의 기분을 배려하는 말 한 마디가 너무 사랑스러워요. 우리는 종종 편하다는 이유로 내 기분이 좋지 않을 때 쉽게 짜증을 내는데 별 것 아닌 말이라해도 상대방은 큰 상처를 받을 수 있어요. 소중한 사람일수록 말하기 전에 한 번 더 생각해보아요.

장거리 연애 중입니다

우린 장거리 커플이다

실제 너의 모습을 보는 날보다
화면 속의 너를 볼 때가 더 많다

처음엔 이런 우리가 싫었다
서로 좋아해도 제대로 된 눈맞춤 한번 하기 힘들고

서로 힘들 때 곁에서 안아주지 못하고

밥을 같이 먹는다거나 영화를 같이 보는
흔해빠진 데이트도 쉽게 하지도 못한다는 사실들이

화가 났었다

어느샌가 나는 매일 너에게
투정만 부리고 있었다

나는 이런 우리에게 최선을 다해볼 것이다

서로를 진심으로 사랑하고, 그 사랑을 말할 줄 알고
서로를 믿는다면 이겨낼 수 있다는 걸 알고 있기 때문에

너를 만나지 못하는
길고 긴 시간이 두렵지않다

현지의 한마디

지금 이 시간이 두 사람을 더욱 단단하게 만들어줄 거예요. 서로가 부재한 시간동안 각자가 더욱 강해질 거고, 그만큼 두 분의 사랑도 성숙될 테니까요. 그리고 오히려 자주 볼 수 있는 커플들이 경험해보지 못할 다양한 에피소드들이 생겨날 것 같아요. '우리 그때 매일 영상 통화했었지' '너랑 통화하면 얘기하려고 메모장에 잔뜩 이야기 거리들을 써뒀는데' 같은 것들 말이에요. 틀림없이 여느 커플들에게는 없는 추억들을 많이 쌓고 계시는 중일 거예요.

아홉 번째 사연

네가 없어도 괜찮을 줄 알았어

우린 여태 싸운적은 많아도

헤어진 적은 한 번도 없었지

너 없는 일주일이

생각보다 괜찮았다

역시 헤어져야겠다고 생각했다

그런데 어느 날 새벽 2시

그 안에는 내가 좋아하는 사탕과 초콜릿

내가 좋아하는 숏다리 오징어

내가 예쁘다고 했던 신발...

그 리 고

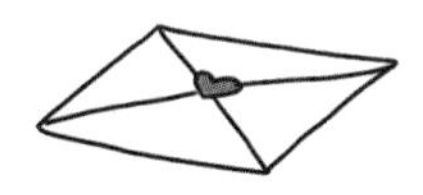

돌아오길 기다리겠다는 너의 편지

아직 추운 3월의 어느 밤

추위에 벌벌 떨며 2시간 동안 기다렸을 네 모습이

나를 기다리다 돌아가는 네 뒷모습이 떠올랐다

너는 계속 나를 기다린다

너는 아직도 나를 사랑한다

나도 아직 널 사랑해

현지의 한마디

연애가 순탄치만은 않죠. 늘 사이가 좋다면 감사한 일이지만, 이런 고비 같은 순간들이 찾아와 '내가 너를 이만큼 사랑하고 있었구나', '네가 나를 이만큼이나 사랑하고 있었구나' 하며 되짚어보게 되는 시간들을 갖는 것도 참 귀한 일이에요. 깨달은 만큼 더욱 관계에 노력하게 될 테니까요.

열 번째 사연

나를 일으켜준 건 너야

저는 남자친구와 1년 동안 사귀면서
급격한 체중변화로 인해 자존감이 많이 낮아졌어요

밖에 나가면 사람들이 다 저를 보고 수근거리는 것 같아
사람도 만나기 싫고 밖에 나가기도 싫었어요

친한 친구들도 만나지 않고 가족도 싫고
심지어 남자친구도 만나고 싶지않았어요

그래서 저는 남자친구에게

그만 만나자...
헤어지자 우리...
...
헤어지자..
흑
나 좀 봐

그 후에도 수없이 밀쳐내던 저에게
남자친구는 수없이 예쁘다고 말해주었습니다

어느덧 2년이라는 시간이 흘렀고
남자친구 덕분에 저는 우울의 늪에서 헤어나올 수 있었습니다

지금은 그 때보다 10키로 이상 감량했고
남자친구는 요즘도 매일 예쁘다 귀엽다 말해줍니다

아직 살을 좀 더 빼야하지만 하나도 힘들지 않고
매일매일 예쁘다고 해주는 남자친구가 있어 너무 행복합니다

현지의 한마디

사람의 진가는 내가 바닥을 쳤을 때, 보이는 반응에서 살펴볼 수 있다고 해요. 내 자신감이 끝도 없이 곤두박질 칠 때, 뒷모습을 보이는 사람이 있는가 하면 변함없이 곁을 지켜주는 사람이 있어요. 내 무기력한 모습에도 아랑곳 않고 긍정 에너지를 선물하는 사람이 있다면, 정말 꼭! 붙잡으세요!

열한 번째 사연

이렇게 불안한 건 왜일까

이상하게도 가끔씩
이유 없이 불안해질때가 있다

그럴 때면 네가 곁에 있어도
허전하고 혼자인 것 같은 기분이 든다

어느 날 갑자기 사라져버릴까봐 겁이 난다
알고보니 너는 내가 생각하는 그런 사람이 아니었다며,
네가 원하는 것은 내가 아니라며 이별을 고할 것만 같다

너에게 말하면 분명,
앞뒤가 맞지않는 내 말 조차 잘 들어주며
따뜻하게 말해주겠지만

그것은 잠시뿐, 불안은 다시 찾아온다

그런 기분이 드는 날에는
혼자 울다가 잠이 든다

현지의 한마디

저도 그랬어요. 가장 행복한 순간마다 이 행복이 깨질까 너무 두려웠어요. 지금 돌이켜보면, 두 번 다시 돌아오지 않을 풋풋하고 행복한 순간들을 왜 나는 편하게 누리지 못했는지 후회가 되더라고요. 행복이 나에게 걸어오기를 기다릴 게 아니라, 스스로 행복을 찾아야 한다는 걸 이제는 알아요. 다시 돌아오지 않을 이 순간들을, 불안의 늪에 빠져 모른 척 하지 말아요, 우리.

헤어질 수 없는 이유

네가 준 물건들을
빠짐없이 챙겼다

이걸 너에게 돌려주고
너와 헤어질 거야

우리 헤어지자

니가 준거 다 돌려줄게
...

... 잠깐 앉아서 얘기 좀 하자

야

나는 너랑 못 헤어지겠다

아까 니가 헤어지자고
내가 준거 다 들고 나와서 우는데도

귀엽더라

현지의 한마디

헤어지는 게 얼마나 어려운지 알았으니, 두 분 오래오래 행복하실 거죠?

헤어지자는 말 조금 아끼기로 저랑 약속해요!

첫 번째 사연

나는 기다리는 사람

난 하루 종일 널 기다려

매일 네가 일어날 때까지 기다리지

가끔 그럴 때가 있어

바로 답장을 하지 않는 네가 야속할 때

네가 나갈 준비할 땐 바쁜 것도 알고

네가 지하철에서
폰만 보고있는 것이 아니라는 것도 알고

학교까지 걸어가면서
폰만 보고 가는 것이 아니라는 것도 알고 있어

하지만 난...

그 사이 순간 순간

너와의 대화가 좋아서

지하철 탈 때도, 준비할 때도, 걸어다닐 때도,

너의 답장을 기다리는 내가 안쓰러울 때가 있어

너의 답이 오길 기다리는

그 15초, 1분, 15분이 괴로워

너만 너의 시간을 효율적으로 쓰는 것 같아서 얄밉기도 해

이렇게 듬성듬성 대화할 거면 차라리 하지 말지

내가 계속 기다리게 되잖아...

현지의 한마디

을의 연애. 많이 들어보셨나요? 저도 사랑엔 항상 을이었어요. '원래 연락하는 걸 별로 안 좋아해.'라고 말하는 걸 믿곤 했죠. 지금 남자친구도 시간을 정말 효율적으로 쓰는 친구라, 처음엔 '날 안 좋아하나?'라는 생각도 했지만 '연락이 자주 오지 않더라도, 날 사랑한다.'는 굳은 믿음이 있었어요. 연애에 있어서 연락은 정말 중요하지만, 연락 이외에도 나를 사랑한다고 느끼게 해주는 것들이 있다면 아무렇지도 않게 버틸 수 있더라고요. 그런 것들이 있는지 한번 찬찬히 생각해보셨으면 좋겠어요.

두 번째 사연

사랑이 노력으로 될까요?

친구들보다 조금 일찍 취업한 나는
고된 사회생활 신고식을 치르고 있었다

하루 종일 긴장과
당황의 연속이었던 나에게,
같은 부서 선배였던 그는 말했다

나는 회사생활의
힘든 점을 하소연하거나
도움을 받으며 그와 가까워졌고,

가끔씩 퇴근 시간이 맞는 날에는
따로 저녁을 먹기도 했다

그렇게 반년쯤 되었을때
고백을 받았고
우리는 그렇게 사귀게 되었다

그는 누가 봐도 괜찮은 사람이었다

만약 나의 마음이
그와 같았다면 어땠을까

한창 좋아야 할 때에
나는 계속 갈팡질팡 하고 있었다

미안한 마음만 눈덩이처럼 불어났고,
나도 그를 좋아하기 위해 노력하고 또 노력했지만,

여전히 그는 나에게 고맙고
또 미안한 사람일 뿐이었다

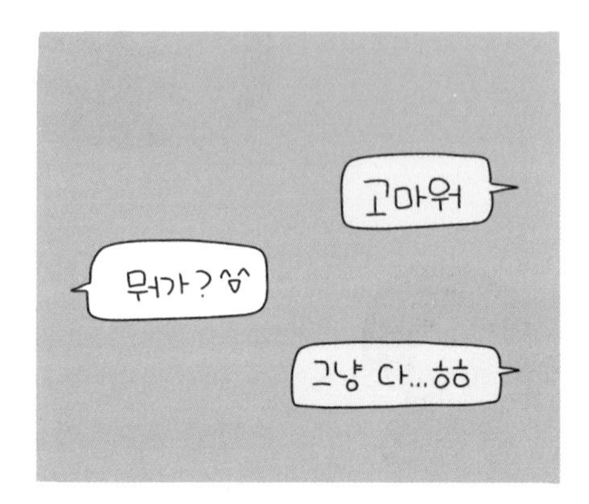

그렇다면 그를 위해서, 나를 위해서

이제 그만두는 게 좋지 않을까?

현지의 한마디

사랑을 받는 데에 익숙한 사람들도 있지만 그렇지 않은 사람들도 있어요. 오히려 주는 것보다 받는 걸 어려워하는 사람들이 있죠. '내가 이런 사랑을 받을 자격이 있을까?'하며 사랑을 받아도 부담감이나 미안한 감정이 덮어버리고 말아요. 생각보다 감정에 귀 기울이는 시간도 충분히 가졌으면 좋겠어요. 이렇게 놓아버리기에 정말 아까운 사람일 수도 있잖아요.

진심을 말할 수 없어서

우리가 오랫동안 기대했던 맛집 앞에서 크게 싸웠다
음식이 코로 들어가는지 입으로 들어가는지 알 수 없었다

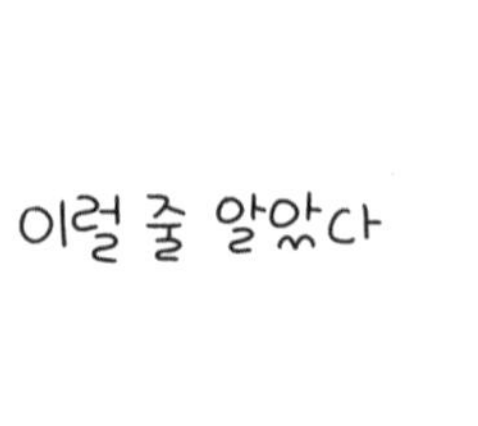

요즘 들어 기억할 수도 없이
사소한 이유들로
크게 싸우고 있는 우리였으니까

같은 방향 버스를 타고 돌아가는 길에도
너는 아무 말 없이 창문 밖만 바라보았다

무슨 생각을 하고 있는지 알 수 있다면 좋을 텐데

아니 사실 무슨 생각을 하는지
너무나도 정확히 알고 있다

마음이 불안해진다

어째서 요즘의 우린, 어떤 말을 꺼내도 항상 새드엔딩일까

진심을 말하고 싶어도 차마 입이 떨어지지 않는다

이젠 너에게 말을 거는 게 무섭다. 항상 이렇게 되니까.

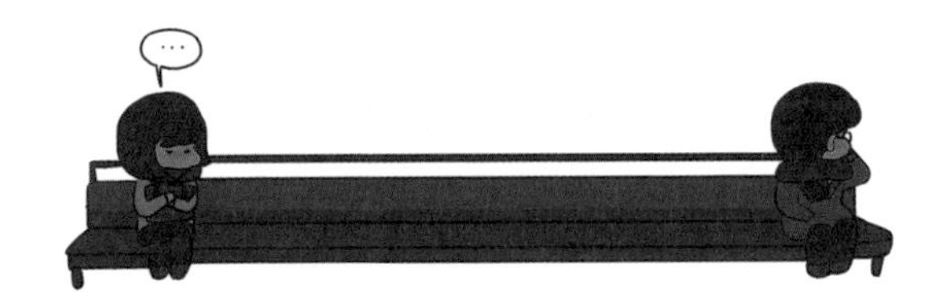

바로 옆에 있는데 네가 왜 이렇게 멀게 느껴질까

예전처럼 사랑하자고 말하고 싶은데

네가 너무나도 멀어서 닿지 않을것 같다

내 입은 또 가시가 돋혔고,
너의 마음을 할퀴고 지나간다

현지의 한마디

오랜 커플에게는 이런 시기가 한 번쯤은 찾아오는 것 같아요. 두 사람의 문제라기보다는 어쩌면 서로 더 이해 받고 싶고, 위로 받고 싶은 마음에서 시작된 게 아닐까요. 한 발짝 물러나면 별것 아닐 수 있을 텐데, 그 한 발짝이 쉽게 떨어지지 않죠. 힘드시겠지만 이 시기를 지혜롭게 이겨내면 두 분의 사랑은 더 단단해질 거라 믿습니다.

네 번째 사연

사랑하는데 헤어지는 게 말이 돼?

장거리 연애는 힘들었지만
사랑한다면 그리 문제가 되는 것은 아니었다

더욱 애틋했고 서로 같이 있는 시간이 소중했으니까

언젠가부터 만나는 횟수가 점점 줄어들더니
우리의 애틋함을 더해주었던 거리는

점차 넘을 수 없는 벽이 되어버렸다

사랑한다면 이런 것도
함께 견디면 되잖아

나를 좋아하기는 했어?

난 널 너무 사랑해서 못 헤어지겠는데
너는 날 너무 사랑해서 헤어지겠다니

차라리 싫다고 했으면 마음껏 미워했을 텐데

사랑하는데 헤어지는 게 말이 돼?

현지의 한마디

서로의 생각이 다를 때, 정말 대화가 많이 필요한 것 같아요. 섣부르게 설득하기 위한 게 아니라 서로의 마음과 생각을 헤아려보기 위한 대화 말이에요. 연애를 하며 각자가 가장 힘들어하는 게 무엇인지 나누다보면 서로에 대해 미처 몰랐던 부분을 알게 될 테니 말이에요.

아무렇지 않은 이별은 없다

어젯 밤,
오랜 연애에 종지부를 찍었다

그리고 바로 다음 날,
아무렇지 않은 척 회사에 출근했다

사람들과 웃고, 떠들고, 밥을 먹고,

아무렇지 않게 혼자 자리로 돌아와 앉아 있으면

자꾸만 눈물이 맺힌다

하지만 누구도 내 이별을 알면 안된다

이별했다고 해서, 마음이 아프다고 해서,
무책임하게 일상을 무너뜨리면 안 되는 '어른'이니까

애같다고 차여놓고선 어른답게라니...

참 웃긴다 너무 웃겨서 눈물이 난다

현지의 한마디

조용히 불러내 꼬옥 안아주고 싶어요. 슬픈 마음을 안고 출근하는 게 정말 고역이었을 테니 말이에요. 그렇게 스스로 슬픔을 이겨내는 동안 자신도 모르는 사이 분명 성숙해졌을 거예요. 씩씩하게 이겨내길 바랄게요!

헤어지고 난 뒤에도

우연히 예전에 자주 가던 동네에 들렀다

건물도 더 높아졌고,
새로운 가게들도 생기고,
모든 게 다 바뀌었는데,

그 시절 자주 갔던 카페가 그대로 남아 있었다

낡은 간판과 나무 나이테가 그대로 드러난 테이블까지

모든 것이 쌓인 시간만큼 바랬지만,
그 위에 나의 추억도 고스란히 남아있는 것 같았다

문득 연락하고 싶은 사람이 생각났다

너도 흐르는 시간 속에서 많이 변했을까

아니면, 이 카페처럼, 나처럼...
그대로일까

현지의 한마디

시간이 지나도 추억들은 쉽게 지워지지 않죠. 그런 기억들이 떠오르면 아련해지고 괜히 센티멘털해지고 말이에요. 구태여 잊으려하지 말고 '참 아름다웠다' 하며 좋은 추억으로 잘 간직해요, 우리.

사랑에 자격이 있을까요?

네가 먼저 시작한 사랑이었어

시간이 갈 수록

널 좋아하는 마음이 점점 커졌지만,

반대로 너의 마음은 점점 작아졌지

내가 더 좋아해서,
차가운 너에게 되돌려 받지도 못할 내 마음을
자꾸 퍼주기만 했어

네가 맘대로 시작한 사랑,
결국 마지막도 네 맘대로였어

그런데도 널 너무 좋아한 나머지
내 탓만 하게 돼

나에게 문제가 있는 것은 아닐까?
내가 매력적이지 못했나?
혹시, 좀더 노력했어야 했나?

현지의 한마디

상대방이 왜 변했는지 도저히 이유를 찾지 못할 때, 자연스럽게 자기 탓으로 돌리게 돼요. 하지만 사랑에 이유가 없듯이, 그 사랑이 변하는 데에도 이유가 없는 것 같아요. 이미 지난 일, 이유를 찾으려하지 말고 '우린 인연이 아니었구나' 생각하며 훌훌 털어버리시길 바라요.

한밤중의 통화

핸드폰을 든 채
가만히 이야기를 듣다가
눈물이 터졌다

대학 졸업반 때 선후배 사이로 만나 3년을 만났고,

몇 주 전까지 싸움과 화해를 반복하던 우리는

결국 헤어졌다

그런데 헤어진 지 몇 주 지나지도 않아서 새 여자친구라니

내가 힘든 만큼 그도 나 때문에 힘들거라고
이렇게 힘든 게 당연한 거라고 위로하고 다잡아왔는데

몇 주간 울고불고 밥도 못 먹고 잠도 못자면서까지
지켜왔던 무언가 한순간에 무너지는 기분이었다

나는 아직도 이렇게 아프고 힘든데
조금 천천히 가도 괜찮잖아

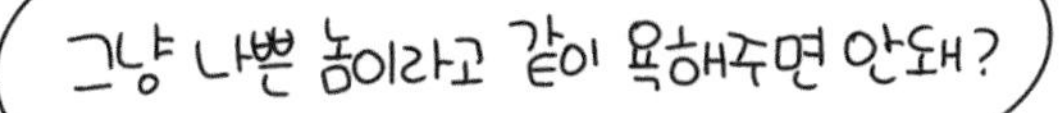

현지의 한마디

사람마다 지난 사랑을 잊는 방법이 다르더라고요. 어떤 사람은 남은 미련이 다 풀릴 때까지 울며불며 매달리고, 어떤 사람은 새로운 사랑으로 잊으려 해요. 물론 잊으려고 애쓰지 않아도 괜찮아요. 진부한 이야기지만, 전부 시간이 해결해줄 거예요. 어느 날 아침에 눈을 떴을 때, 마법처럼 아무렇지 않은 그런 날이 올 거예요.

너를 잊을 자신이 없어

오늘 우연히 그 애를 만났다

근처에 친구가 와 있다고 했다

오래 같은 동네 친구로 지내다가

연인이 되었지만 얼마전 헤어졌고.

이별 후 힘든 시간들을

겨우 지나온 참이었다

연인이 되기 전 오래 알고지냈던 만큼
그 애의 흔적은 아직까지도 곳곳에 남아 있었다

동네 마트와 카페, 도서관, 놀이터, 학창시절 앨범에 마저,
어디를 둘러보아도 그 애와 함께한 기억이 남아 있었다

이런데, 내가 너를 잊을 수 있을까?

현지의 한마디

이별 후에는 상대방을 잊는 데에만 시간을 쓰기 쉬워요. 그를 잊는 노력과 동시에, 그 시간이 오롯이 나 자신을 위한 시간으로 쓰였으면 해요. 남자친구를 만나느라 잘 만나지 못했던 친구들과 더 많은 시간을 나누고, 듣고 싶었던 원데이 클래스를 듣기도 하면서 내 일상을 돌보는 시간이 되길 바라요. 이별을 겪고 있는 모든 분들께 그 사랑이 끝이 아니라고 말해주고 싶어요.

2 부

연애를 묻다

우리가 궁금한 연애의 질문에 규찌가 답하다

Q&A 1

연애에도 조울증이 있나요?

Q

남자친구가 옆에 있을 땐 사랑받고 있다는 확신이 드는데, 서로 떨어져 있을 때는 날 사랑하는지 잘 모르겠어서 자꾸 확인하고 싶어져요. 어떻게 해야 좋을까요?

A

연애를 하면 좋았다, 나빴다, 기분이 오르락내리락하는 건 많은 사람들이 겪는 일이에요. 누군가를 사귄다는 건 믿음에 기대는 일이거든요. 그런데 믿음이나 마음이라는 것이 눈에 보이지 않잖아요. 그러니 불안한 거죠. 저도 그랬어요. 무작정 참거나, 불안한 마음에 의중을 떠보려 하거나 마음을 시험하려고 하니 오히려 상황이 꼬이고 마음을 오해하게 되더라고요. 차라리 불안한 마음을 솔직하게 표현해 보는 것은 어떨까요? 대답 속에서 그 사람의 마음이 느껴질 거예요. 대화를 나눈 뒤에도 불안감이 가시지 않는다면 다시 한 번 관계를 점검해보세요. 하지만 상대의 진심을 느꼈을 때는 그 믿음을 꼭 붙들어 놓는 게 가장 중요해요. 떨어져 있을 때도 간직할 수 있게요.

자기는...
날 얼만큼 사랑해?

Q&A 2

제 진짜 모습을 보여줘도 될까요?

Q

제 남자친구는 자신감 넘치고 유머감각 있는 제 모습에 반했다고, 저랑 있으면 늘 즐거울 것 같다며 고백했어요. 그 말 때문인지 남자친구와 있을 땐 항상 밝은 모습으로 지내려고 노력하고 있어요. 사실, 저는 혼자 있을 땐 엄청 우울한 사람이거든요. 자존감도 엄청 낮아요. 적어도 남자친구랑 있을 때만큼은 애써 연기하고 싶지 않은데… 그에게 이런 어두운 제 모습을 보여줘도 괜찮을까요? 실망하지는 않을까요?

저는 가수 CHEEZE의 〈퇴근시간〉이라는 노래 가사 중에 '웃는 내 모습이 좋다면 슬픈 나도 좋아해 줘요. 난 그대 우는 모습도 좋거든요'라는 구절을 제일 좋아해요. 저도 우울한 모습을 보이는 걸 정말 무서워했어요. 남자친구가 그 모습에 질려서 떠날까 봐요. 하지만 언제부턴가 행복한 연기를 하고 있는 것 같아 점점 외로워지더라고요. 그래서 남자친구에게 '사실 나는 정말 우울한 사람이야. 네가 힘들 수도 있어.'라고

털어놨어요. 그때 돌아온 대답이 '네가 우울할 때, 내가 어떻게 하면 기분이 좋아질까?'라는 말이었어요. 연애는 혼자 하는 게 아니라는 걸 깨닫게 해준 한 마디였죠. 혼자가 아닌 둘이기에 다른 한 쪽에 기댈 수 있다는 것도요. 힘들 때도 두 분이 많은 대화를 하며 헤쳐나가길 바랄게요.

나?!
나를 왜..?
좋아해!
나도 널 좋아해도
되는걸까?

사랑해
그치만 나는
좋아하는 게
무서운걸
넌
나에 대해
알아가면서
점점...

실망하게 될 거야
그럼 내 머리를 쓰다듬어 봐
네가 상상하는 내 느낌은 어때?

어어...
폭신하고...
부드럽고..

쓰다듬어도
되는걸까?
싫어하면
어쩌지
기분나쁘면
어쩌지

스윽
어때?

상상한거랑
달라서
실망했어?

Q&A 3

군화를 기다리고 있습니다

Q

남자친구의 군 입대를 앞둔 예비 곰신입니다. 남자친구를 하루만 안 봐도 너무 보고 싶은데, 앞으로 2년을 어떻게 참아야 할지 너무 걱정입니다. 작가님은 남자친구를 어떻게 잘 기다릴 수 있었나요?

A

보통 남자친구가 군대에 간다고 하면 자기 할 일을 하면서 기다리다 보면 금방이라고들 위로하는데, 솔직히 저는 아무리 정신없이 바빠도 남자친구 생각이 멈추질 않아서 힘들었어요. 보고 싶은 건 익숙해지지 않더라고요. 그런데 보고 싶어 하는 동안에도 시간은 계속 흐르더라고요. 보고 싶다면 굳이 바쁘게 움직이며 그 감정을 잊으려고 하지 마시고 그 감정을 편지든, 일기든, 아니면 저처럼 만화로 그리든 어디엔가 쏟아내 보세요. 앞으로 살면서 그런 애틋한 감정을 느끼기는 힘들 거예요. 기다리는 동안 기록을 남겨두면 시간이 흐른 뒤에 봤을 때 감회가 새롭답니다. 보고 싶어 하든 바쁘게 지내든 시간은 계속 흐르고 있으니 힘내세요!

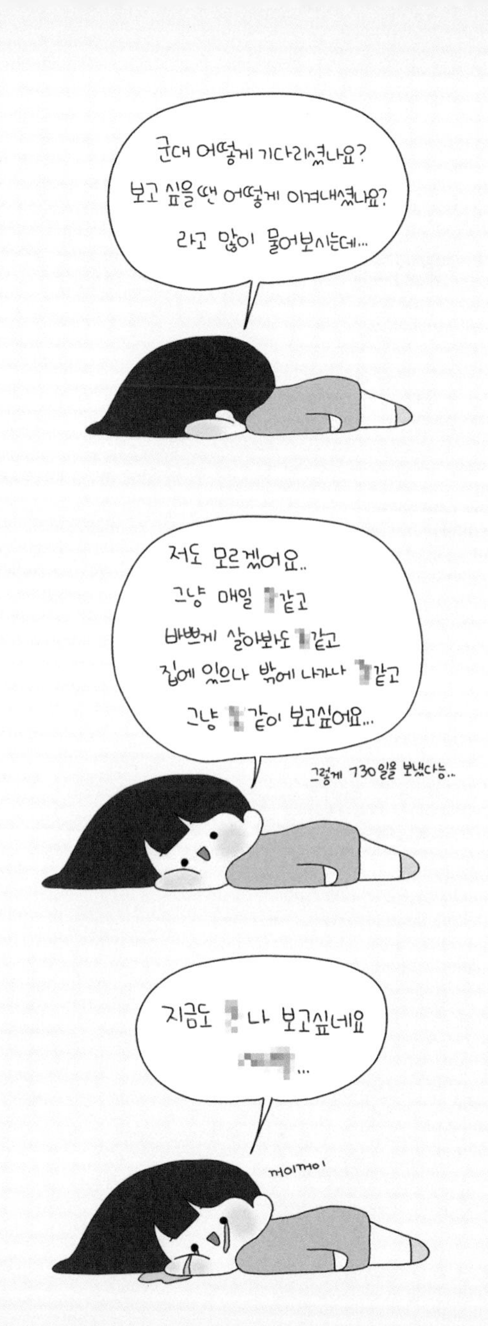

군대 어떻게 기다리셨나요?
보고 싶을 땐 어떻게 이겨내셨나요?
라고 많이 물어보시는데...
저도 모르겠어요..
그냥 매일 같고
바쁘게 살아봐도 같고
집에 있으나 밖에 나가나 같고
그냥 같이 보고싶어요...
그렇게 730일을 보냈다능..
지금도 나 보고싶네요
...
꺼이꺼이

Q&A 4

제가 더 좋아하는 것 같아요

Q

제 남자친구는 사랑한다는 말을 잘 안 해요. 그에 비해 저는 사랑한다는 말을 엄청 많이 하고요. 남자친구에게 사랑한다는 말이나 애정표현을 자주 해줬으면 좋겠다고 말했더니, 자기는 그런 말을 잘 못하는 데다가 특별한 때에만 하고 싶다고 하네요. 저는 그게 이해가 안 돼요. 저는 감정표현을 참고 싶어도 너무 좋아서 금방 사랑한다고 말해버려요. 진짜 좋아한다면 그런 거 아닌가요? 인정하기 싫지만, 지금은 남자친구보다 제가 훨씬 더 많이 좋아하는 것 같아요. 그런 생각이 들 때마다 외롭기도 하고, 짝사랑하는 기분에 너무 우울해집니다.

말씀드리기에 앞서 토닥여드리고 싶네요. 저도 그랬어요. 애정표현을 자주 하는 편이고, 성격도 급하고, 사랑을 확인하고 싶어 하는 성격이거든요. 그에 비해 제 남자친구는 매사에 꽤 느긋해요. 그래서 제가 답답할 때도 많았지만, 몇 년이 지나니 알 것 같아요. 사람마다 사랑하는 방식과 속도가 다 다르다는걸요. 저는 '사랑한다'는 말로 사랑을 표현하는 사람이고, 남자친구는 말보다 행동으로 표현하는 사람이더라고요. 제 방식대로만 그 사람을 보니까 그 사람의 마음이 보이지 않았던 거였어요. 한 걸음 물러서서 관찰해 보니 그저 표현하는 방식이 달랐던 것뿐, 서로 많이 사랑하고 있었어요. 그리고 '누가 더 사랑하는가'라는 질문의 답은 안타깝게도 항상 있다고 생각합니다. 다만, 제가 남자친구를 더 좋아하는 때가 있는가 하면, 남자친구가 저를 더 좋아하는 순간들이 있더라고요.

A

나는 널 보고있으면

두근거린다기보단 눈물이 날것 같고

복잡한 감정들이 뭉쳐서 한꺼번에 밀려오는데

너는...

아까부터 내가 계속 쳐다보고 있는것도 모르지?

나는 네가 정말 좋아

인정하기 싫지만

지금 이 순간은

내가 너보다 훨씬 더 많이 좋아해

너도 그럴 때가 있을까?

Q&A 5

다이어트가 무섭습니다

Q

여자친구가 다이어트 중이라서 몹시 예민합니다. 어떻게 대처하면 좋을까요?

이 질문에 제 남자친구에게 대답하라고 했더니, 한 시간 뒤에 '나도 모르겠어!'라고 답장이 왔네요. 하하. 그래서 지금 다이어트라 예민한 제가 말씀드릴게요. 솔직히 다이어트 중에는 극도로 예민해지는 편이라 '괜찮아! 자기는 살 안 쪘어. 마음껏 먹어.'라는 말도, '그래, 다이어트 열심히 해!'라는 말도 다 짜증나요! 그런데 최근에 들은 남자친구의 말 중에 가장 마음에 드는 말이 있었어요. '나는 자기가 다이어트를 한다면 잘 할 수 있도록 응원해줄 거고, 자기가 먹을 때 제일 행복하다면 세상에서 제일 맛있는 음식을 찾아서 먹여줄거야.'라고 하더라고요. 여기서 포인트는 나는 여자친구의 지금 모습도 사랑하지만, 다이어트를 한다면 응원해주겠다는 거죠. 어떤 선택을 하든지 여자친구를 사랑하겠다는 마음만 보여주세요!

A

제 여자친구는 다이어트 중이라 심기가 불편합니다

여자친구가 살이 쪄도 제 눈에는 항상 예뻐 보이지만

저렇게 스트레스 받으니 제가 도와줘야겠어요

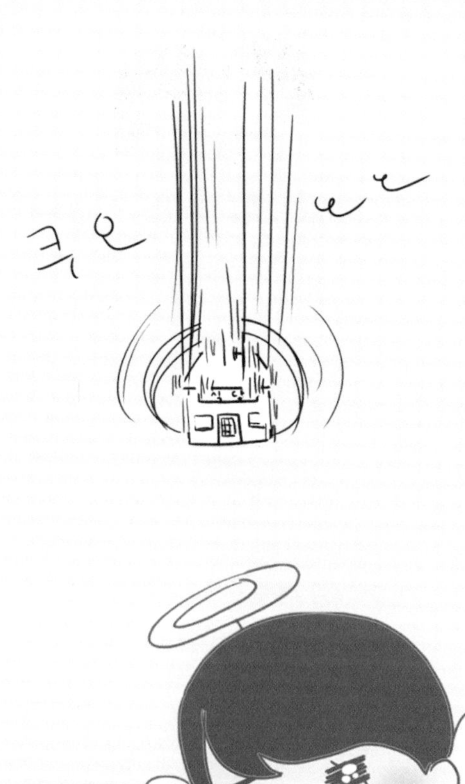

퍼엉

Q&A 6

언제까지 기다려야 할까요?

꿈에 그리던 꽃신을 신은 지도 어느덧 3개월째입니다. 기다림 끝에 좋은 날이 올 줄 알았는데 그게 아니더라고요. 남자친구가 전역 후 바로 복학하는 바람에 그동안 하고 싶었던 데이트 한번 제대로 못 했어요. 복학 후 적응하느라 바쁜 건 이해하지만, 서운한 마음이 드는 건 어쩔 수가 없네요. 남자친구가 바빠서 자주 못 볼 때는 어떻게 하셨나요?

Q

자주 만나는 걸 중요하게 생각하는 제게도 아주 민감한 문제예요. 저는 연애하면 무조건 곁에 붙어 있으려고 했거든요. 게다가 전역을 기다리는 동안 가보고 싶었던 곳, 해보고 싶었던 것들이 2년 치나 쌓였는데, 막상 전역하고 보니 함께 있을 시간이 그리 많지 않았을 때 정말 속상했죠. 하지만 남자친구에게도 그의 인생이 있기 때문에, '내 남자친구'가 아닌 '한 사람'으로 생각하려고 노력했어요. 게다가 저는 항상 오늘 아니면 내일만 생각하는 조급한 사람이었는데, 어느 날 남자친구가 해준 말이 저를 편안하게 해줬어요. "지금은 바쁘지만, 앞으로 우리가 함께 할 시간은 많아. 평생 틈날 때마다 하나씩 하고 싶었던 거 다 해보자."라고요. 사람 앞일은 모른다지만, 지금 내 옆에 남자친구가 있을 때만큼은 할아버지, 할머니가 될 때까지 함께 한다는 생각하면서 마음을 느긋하게 가지는 것이 도움이 된답니다.

A

나는 기다리는 사람입니다

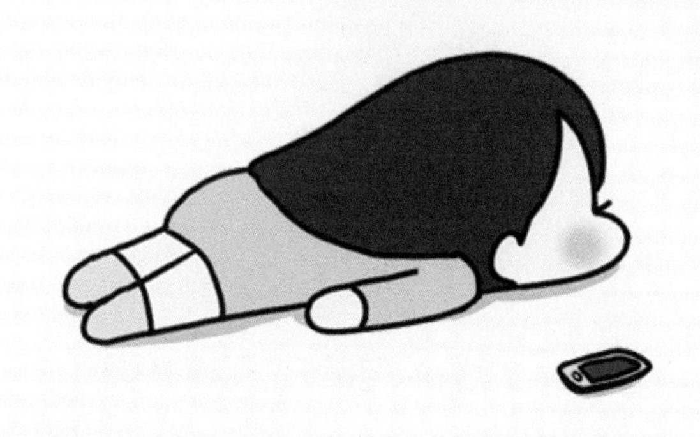

가끔 강아지와 고양이의 기분을 알 것 같아요

바쁘게 지내며 잊어보라구요?

잊어야 마음이 편한 사랑이라면

난 안했을 거예요

아무리 바빠도 생각나는 걸요
우리가 이런 상황일 수 밖에 없는거
내가 제일 잘 알아요 이해해요

그런데도 자꾸 욕심내는 내 마음을

어쩌면 좋을까요

Q&A 7

저는 바쁜 남자친구입니다

Q

이제 막 취직해서 정신없는 하루하루를 보내고 있는 사회 초년생입니다. 여자친구는 휴학생이라 시간이 많고, 저는 일이 서툴러 바쁘다 보니 예전보다 만나는 횟수가 많이 줄었어요. 자주 못 보는 탓에 여자친구가 많이 서운해 하는데, 제가 어떻게 해야 여자친구가 서운하지 않을까요?

A

함께 있는 시간이 길건 짧건, 두 분이 그 주어진 시간을 얼마나 행복하게 보내는지가 중요하다고 생각합니다. 여자친구를 만날 때만큼은 바쁜 일, 자주 못 만나서 여자친구가 서운해 하지 않았을까 하는 고민은 잠시 접어두시고, 여자친구 분의 눈을 많이 봐주시고, 많이 사랑해주세요. 그 사랑을 여자친구 분이 느낄 수 있게요. 그 시간이 짧더라도 어떻게 보내는지, 얼마나 사랑을 표현하는지가 중요해요.

?
카페를 갈까말까
고민돼

자기 오늘 엄청
바쁘니까…
피식

아무리 바빠도
너랑
커피 한잔
할 시간은 있어

가자

Q&A 8

여자친구의 마음이 궁금해요

Q

저희 집엔 아들만 셋입니다. 그리고 저는 남중, 남고 그리고 공대까지 남자들만 득실거리는 곳에서 생활했습니다. 그런 저에게 처음으로 여자친구가 생겼습니다. 그래서인지 저에게 여자친구는 너무 어려워요. 여자친구의 질문에 너무 솔직하게 대답해도 안 되고, 그렇다고 아예 좋게만 말해도 안 돼요. 예를 들어 '나 오늘 어때?'라는 질문이나 '저 연예인 진짜 예쁘지?' 이런 질문들이요. 이제 여자친구의 질문에 대답하기가 무서운데, 머뭇거리면 그것도 안 된답니다. 흑흑. 어떻게 말해야 여자친구가 만족하는 대답을 할 수 있을까요?

A

빈말로 여자친구가 좋아하는 말만 해주는 것보다는 차라리 솔직하게 하고 싶은 말을 하세요. 그리고서 싫어하는 기색을 비친다면, 그다음부터 그런 말은 안 하면 되는 거죠! 처음부터 완벽하려고 하기 보다는, 서툴게라도 서로 조금씩 배워가는 게 좋지 않을까요?

으어어엉 가지마아아아

얼른 가야
다시 오지

...

그럼 빨리
갔다와
으앙

지금 입술 예뻐?

세상에서 젤 이뻐
내가 본것중에
젤 이뻐♡

그래 입술 다시 발라야겠다

그럴거면
왜 물어본거야

잘 먹겠습니다~
추어탕이다~

맛있겠다

이거 먹고 타코야끼 먹어야지 타코야끼~
슥슥

...?

Q&A 9

우리는 너무 달라요

남자친구와 처음 만났을 때는 너무 잘 맞아서 천생연분이라고 생각했어요. 그런데 시간이 흐를수록 자꾸 저와 다른 부분이 보이기 시작했어요. 달라도 너무 달라서 지금 생각하면 약간의 배신감도 들어요. 저는 쏙 빼닮은 우리 모습이 너무 신기하고 좋았는데 이렇게 다른 점을 하루하루 찾게 될수록 내가 알던 남자친구가 아닌 다른 사람같이 느껴져요. 서로 달라서 끌린다고도 하지만, 서로 너무 달라서 부딪치는 일도 많을 텐데 앞으로 저희 연애... 괜찮을까요?

Q

저도 요즘 그런 기분을 자주 느꼈어요. 저희는 연애 시작한지 얼마 안됐을 때, 둘 다 노래 부르는 걸 좋아해서 노래방을 자주 갔었거든요. 그런데 지금 와서 얘기해보니 사실 제 남자친구는 노래 부르는 걸 별로 안 좋아하더라고요. 산책도 좋아하는 줄 알았더니, 사실 그렇지 않았고요. 처음에는 저도 요상한 배신감(?)같은 걸 느꼈는데, 거꾸로 생각해보니 남자친구가 그동안 저에게 맞추느라 많이 노력했더라고요. 제가 좋아하니까 본인이 좋아하지 않아도 그런 척 하면서요. 그동안 나를 위해 많이 노력해줬다는 것에 놀라고 감동받을 때도 있어요. 지금은 그동안 제게 맞춰주느라 고생한 남자친구를 배려해줄 차례라고 생각해요. 그리고 이맘쯤이면 서로에게 익숙해져서 느슨해질 법도 한데 자꾸 새로운 모습을 발견하니까 질리지가 않더라고요!

A

제 여자친구는 참 좋은 사람입니다

자기가 제일 맛있는 날개 먹어
에이~난 괜찮..
...
으 날개 극혐 자기가 다 먹어

좋은 사람..!
히익
나는
닭가슴살
좋아해
치킨
울컥

Q&A 10

친구가 프로포즈를 받았어요

Q

친구가 프로포즈를 받았어요. 마음이 싱숭생숭합니다. 남자친구는 결혼에 대한 이야기를 하지 않아요. 다른 커플들을 보면 장난으로라도 아이는 몇 명 낳자, 신혼여행은 어디가 좋겠다, 이런 이야기를 하는 데 제 남자친구는 결혼 이야기가 나오면 화제를 돌려요. 당장 결혼하고 싶은 건 아니지만, 저는 우리의 관계를 진지하게 생각하고 있는데... 남자친구는 저랑 연애만 할 생각인 걸까요?

저도 나이가 나이인지라... 올해만 해도 가야 할 결혼식이 엄청 많답니다. 연애 초에 저는 결혼이 너무 하고 싶었어요. 당연히 남자친구를 사랑해서 그런 거라 생각했는데, 어느 날, 남자친구가 '자기는 결혼이 하고 싶은 거야? 아니면 나랑 결혼 하고 싶은 거야?'라고 물어보더라고요. 그 말을 듣고 찬찬히 생각해보니, 물론 남자친구를 사랑하기도 하지만, 어릴 때부터 집에서 나와 살다보니 빨리 안정적인 가정을 꾸리고 싶었던 게 가장 큰 이유였어요. 그리고 결혼은 사랑만으로는 안 된다는 말이 있죠. 어르신들께서 그런 말씀을 하시면 우리는 다를 거라고 했지만, 수많은 현실적인 조건에 부딪치면서 자연스레 수긍하게 됐어요. 내가 왜 결혼이 하고 싶은지, 정말 이 사람과 하고 싶은 건지 본인부터 생각을 정리해보신 후에 남자친구와 대화를 나눠봤으면 좋겠어요. '나중에 결혼하면~'과 같이 흘러가는 말이 아니라, 정말 진지한 대화를요.

A

내 친구가..

헉
프로포즈
받았대

프

로

포

즈

꾸 쥬 워 마이걸~~
Gyuzzi

Q&A 11

해줄 수 있는 게 많지 않아 속상해요

저는 군인입니다. 저를 기다려주는 예쁜 여자친구와 연애한지도 벌써 3주년이네요. 기다리느라 고생하는 여자친구에게 휴가 나갈 때마다 매번 제일 좋은 선물을 주고 싶고, 좋은 곳에 데려가고 싶은데 군인이라 해줄 수 있는게 많지 않아서 속상해요. 여자친구의 친구들은 매번 커다란 인형도 받고, 해외여행도 가요. 여자친구는 하나도 안 부럽다고 하지만 내심 부러울 것 같아요. 이런 제 상황이 속상하고 여자친구에게 미안합니다. 제가 어떤 걸 해줘야 여자친구가 좋아할까요?

Q

군인이나 민간인이나 똑같이 이런 걸 고민해요. 늘 마음만큼 해줄 수 있는 게 없더라구요. 매일매일 시간 내서 전화하고, 기다리느라 고생하는 고무신에게 편지도 써주고, 진심으로 사랑하는 모습을 보여주면 그 어떤 여자보다 행복해하는 여자친구의 모습을 볼 수 있을 거예요.

A

- 규찌 1000일 기념일

나 그렇게 비싼거 필요 없어
마음이 중요한거지

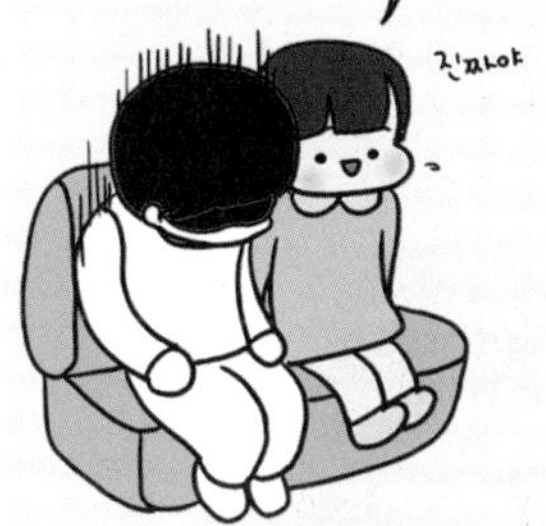
진짜야

현지는 나 비싼 신발 사줬잖아...

에이~ 나는 돈 벌고 있으니까 그런거지
그리구 나는 비싼거 사주면
잃어버릴까봐 안 들고 다닐 거야
그리구 저거 별로 안 예쁘더라
집에 가자

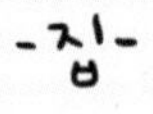
-집-

이야~
우리 소원빌고
동시에 촛불 불자
응!

제가 빨리 안정적인 직장 찾아서
결혼 할 수 있게 해주세요

...
규호는
오래 걸리네
소원이
많은가
슬쩍

...
케이크 빨리 먹고 싶당

-그날 밤-

두번 세번 빌었어..
헤헤
그리고..
현지가 갖고 싶은 거 다 사줄 수 있게
돈 많이 벌게 해달라고 빌었어

Q&A 12

싫어도 티를 못 내요

Q

남자친구는 친구들이 많아요. 그래서 매일 저녁마다 술 약속이 있어요. 연애하기 전에는 커플들이 친구들과의 약속 때문에 싸우는 걸 이해 못했었는데, 이제는 왜 싸우는지 알 것 같아요. 얼마 전엔 저희 커플의 기념일이었어요. 이날만큼은 온종일 같이 있고 싶었는데, 남자친구가 저녁에는 친구들이랑 놀아도 되냐고 물어보더라고요. 서운했지만 안 된다고 하면 구속하는 것처럼 보일까 봐 잘 놀다 오라고 했어요. 이해하려고 해도 섭섭한 건 어쩔 수 없네요. 사실 싫은 건 싫다고 말하고 싶은데 어떻게 해야 될까요?

저도 연애에 서툴러서 연애 초반에 속마음을 절대 얘기하지 않았어요. 섭섭하거나 화났을 때는 입을 닫고 있다가 다른 이야기로 말을 돌리는 편이었죠. 저도 싸우는 걸 무지 싫어하거든요. 그런데 어느 날, 남자친구가 이런 말을 했어요. '누나랑 오래 사귀고 싶으니까, 싫은 점이나 섭섭한 점이 있으면 솔직하게 말해줬으면 좋겠어. 말해주면 다 고칠게.'라고요. 이 말을 듣고 나니 지금껏 제가 남자친구를 믿어주지 않았다는 생각이 들었어요. 제멋대로 상상한 그는 제가 거절을 하면 설득하려 들거나, 안 되면 짜증내고, 결국엔 헤어지자고 하는 최악의 남자친구였으니까요. 실제로 그는 그런 사람이 아닌데 말이죠. 솔직하게 털어놓을 때, 오히려 더 좋은 방향으로 흘러가기도 하더라고요. 서로 안 맞는 부분에서 타협점을 찾는 과정이 될 수 있어요. 섭섭한 걸 차곡차곡 마음에 담아두면 오히려 시한폭탄이 되고 말 거예요. 싫으면 싫다고 말씀하시되, '싸움'이 아니라 '대화'를 하셨으면 좋겠습니다.

A

나한테 통보를 하든
의견을 물어보든
'알았다'고 밖에 못해

속 좁은 여자친구로
보이는게 싫어서

맞아 자기는 속이 좁아

니 마음속은

내가 꽉 차 있어서 좁을 수 밖에

Q&A 13

하고 싶은 말이 있어요

Q

남자친구에게 마음에 안 드는 부분이 있는데 말하기가 무척 어려워요. 참아야 할까요?

저는 감정을 속으로 삭이는 타입이에요. 굳이 말했다가 싸움으로 번질까 봐 무서워서요. 그런데 상대방도 그걸 알고 눈치를 보더라고요. 그래서 서로를 위해, 이 감정에 대해 차분하게 대화를 해야 된다고 생각했어요. 물론 싸울 때도 있겠지만, 그런 과정이 모여서 '더 나은 우리'를 만들 수 있거든요. 눈 딱 감고 한 번만 말해보세요! 생각보다 훨씬 쉬운 문제일 수도 있어요.

A

...
요즘 핸드폰만 보네...

현지의 사고회로
너 요즘 왜
핸드폰만 봐?!
헤어져!
멍!
독신으로
살거야~

안돼!!!
6년 전...
그때...

그리고 니가
기분 나쁘고 섭섭할 때마다
나한테 말 안 하고

마음속에 쌓아두다가 지치면?

그런 일 있으면 나한테 제발 그때 바로 말해줘

근데 내가 섭섭하다고 말했다가

니가 나한테 짜증내거나 질릴까봐 무서워

내가 사랑하는
사람이 그런 말 하면
고치는 게 정상이지

난 진짜 너랑
오래 사랑하고 싶어

그러니까 바로
말해줘...

내가 더
잘할게..

자기야
?
요즘 나랑 있을때
왜 핸드폰만 보고 있어?
기분나빠
...
탁

으아아 요즘 내가 그랬어?
진짜 미안해 몰랐어
바로 고칠게!!!
정말
미안해~
인스타 바로
지워야겠어...
...
꼬옥

Q&A 14

위로가 되어주고 싶어요

Q

여자친구가 취준생인데 이번에 또 불합격 통보를 받아 많이 힘들어해요. 많이 우울해하는 여자친구를 어떻게 위로해줄 수 있을까요?

A

진부한 대답일지도 모르겠지만, 사랑하는 사람이 곁에 있어 준다면 그것만으로도 큰 힘이 될 거예요. 저는 위로해주고 싶은 마음에 나오는 뜬구름 잡는 얘기나, 붕 뜬 응원의 말을 듣는 게 더 힘들더라고요. 그냥 말없이 내 속마음을 다 들어주고, 울 때는 안아줄 수 있는 사람이 곁에 있다는 게, 백 마디 응원보다 더 힘이 된답니다.

잠이 안 와...
쓰담 쓰담

이상하네~ 옛날엔 이렇게 하면
바로 잠들었는데..
말똥
말똥

잠드는 법을
까먹은 것 같아
그냥 눈감고 있으면
잠들잖아
울 엄마랑
똑같은 말 하네
잘자서 부럽다, 얘
탁
보통 사람들은
다 그래!

그럼 난
사랑이 아니야?
응

공주님이지

Q&A 15

싸움을 크게 만들고 싶지 않아요

Q

저희는 싸울 때마다 헤어집니다. 그리고 또 만나요. 맨날 헤어지는 것도 지쳐서 이제 더 이상 반복하고 싶지 않은데, 어떻게 해야 싸움을 크게 만들지 않을 수 있을까요?

저희는 '헤어지자'는 말은 절대 다시 만나지 않겠다는 전제하에 하기로 했어요. 헤어지자는 말이 가벼우면 우리의 관계까지 가벼워진다고 생각했거든요. 저는 싸울 때 아무리 화가 나도, 말로 뱉기 전에 두세 번씩 생각해봐요. 한번 쏟아진 말은 절대 다시 주워 담을 수 없으니까요. 서로의 감정을 쏟아내는 '싸움'이 아니라, 맞춰지지 않는 부분의 타협점을 찾는 '대화'를 한다고 생각하면 좋을 것 같아요. 20년 넘게 다른 환경에서 자란 두 사람이 맞춰지기란 쉽지 않죠. 몇 십 년이 지나도 맞춰지지 않는 부분이 분명히 있을 거예요. 그럴 땐, 내 방식대로 고치려고 하기보다, 다름을 인정하고 최대한 서로 불편하지 않을 중간지점을 찾는다면 큰 싸움은 일어나지 않을 거라고 생각합니다.

A

너 왜 말을 그따구로 하냐!!!
으앙

너는 왜 행동을 그따구로 하냐!!!

뽀뽀하고 화해하자!!

구랭!

Q&A 16

행복한 연애란 어떤 걸까요?

Q

최근 남자친구를 만나면서 행복한 연애를 꿈꿉니다. 오래 행복하게 연애하고 싶어요. 작가님이 생각하시는 행복한 연애는 어떤 모습인가요?

A

제 친구의 한 명언이 생각나네요. 친구가 얼마 전 결혼을 했거든요. 그 친구에게 '남편의 어떤 점이 좋아서 결혼했어?'라고 질문했는데 친구의 대답을 듣고 모두 수긍했어요. 돈이 많아서, 잘생겨서, 잘해줘서가 아니라 '거슬리지 않아서' 랍니다. 하하. 농담 같지만 오랜 연애를 하고 있는 제 친구들은 기립박수를 쳤어요. 어떤 행동을 해도 마음에 든다는 게. 그리고 그런 사람을 만난다는 게 쉽지 않거든요. 그런데 '거슬리는' 그 사소한 부분 하나 때문에 나중엔 그 사람이 '싫어'지더라고요. 평생 함께 한다고 생각하면, 서로의 모습을 용인해줄 수 있을 만큼 각자의 모습을 다듬어 갈 줄 알아야할 것 같아요. 비록 남들이 봤을 때는 부족해도, 서로에게는 최고의 모습일 수 있게요.

오늘부터 다이어트다!

벡_삐삐
철컥

!
짜왕 먹자~
사왔어

구랭♡
꺄륵
…
파김치랑 먹어야징~
잘먹겠습니다~

쾅
후룩
후룩
파김치
파김치
후룩
후룩

파김치
파김치
쾅

ㅋㅋㅋㅋㅋㅋㅋ
ㅋㅋㅋㅋㅋㅋ
ㅋㅋㅋㅋㅋㅋ
뭐하고있냐 우리
아이고
머리약ㅋㅋㅋ
하하하

Q&A 17

이 마음 변치 않고 싶어요

Q

100일째 연애중입니다. 지금 남자친구가 너무 잘해주고 좋습니다. 그런데 얼마 전, 5년째 예쁘게 연애하던 친구가 헤어졌습니다. 남자친구가 바람이 났다고 해요. 그 둘은 당연히 결혼할 줄 알았는데... 역시 사랑은 변하는 걸까요? 지금의 남자친구는 정말 저밖에 모르고 엄청 잘해주는데, 시간이 갈수록 변할까봐 너무 불안해요.

저는 시간이 지나도 변하지 않는 사랑도 있다고 믿어요. 오래 사귈수록 사랑이 변하느냐의 문제가 아니라, 변한 사랑의 모습까지도 사랑할 수 있는지가 관건이라고 생각해요. 한결같은 사람이 있을 수도 있지만 대부분 그렇지 못하거든요. 그래서 오래 사귈수록 오히려 내가 몰랐던 그 사람의 낯선 모습을 볼 때가 많아요. 아무리 대화해도 서로 맞출 수 없는, 그 사람의 본성인 경우가 많죠. 그래서 '내가 그런 모습까지 사랑할 수 있는가'에 대해 고민하다가 많은 연인들이 이별을 택하는 것 같아요. 사람이 변하는 건 나

뿐 게 아니라고 생각해요. (예외로 바람피우는 건 정말 나쁘지만요.) 변한 모습까지 사랑스러운 사람, 변한 모습까지 사랑해주는 사람과 오래오래 행복하셨으면 좋겠습니다. 지금 옆에 있는 남자친구가 그런 사랑스러운 사람일지도 몰라요!

평소에 규호 얘기를 듣고 자극받았는지

퇴근하고 뛰어들어와선 갑자기…

그래서 함안에 갔는데 도착하자마자
손을 잡아끌고 언덕으로 가는 거야

칭찬해달라는 표정으로 계속 쳐다보더라

부록

규찌의 그때와 지금

규찌 커플의 6년차 러브 스토리

♡ 6년 전 그날엔 ♡

후암~
잘잤어?
지금 몇시야?

열한시네

그거 알아?
우리 6년전 오늘 이시간에
처음 만난거...
버스정류장에서
오

그때 자기가 한마디도 안해서
데이트하기 싫어하는 줄 알았잖아
솔직하게 말해봐
그..그게 아니구...

-6년 전, 버스 정류장 앞 카페-
....

어제는 말 엄청 잘하더니
왜 한마디도 안하지?

혹시 내가 생각보다 별로였나?
그냥 집에 가고싶은가?
억지로 데이트 하는건가?

와씨 넘 떨려
짱예뻐
고백은
어떻게 하지
처음 만난날
고백했다
되게 별론가
차이면 어쩌지
두근
두근

♡ 그걸로 주세요 ♡

-6년전, 식당가-
뭐 먹을까요?
어떤 거 좋아하세요?

저는 아무거나 다 괜찮아요
규호씨가 좋아하는 걸로…
저도 다 괜찮은데
누나가 좋아하는걸로 먹어요

아니에요 저는 가리는게 없어서…
저도 가리는게 없어서…

아니에요
규호씨가…
아니에요
누나가..
꼬르륵
꼬르륵

♡ 그땐 그랬지 ♡

우리 처음 뮤지컬 봤을 때 기억나?

사실 그 때 뮤지컬 내용이 기억안나
ㅋㅋㅋ

나두야 자기가 내 손 잡고싶어서 엄청 꼼지락거렸잖아
부끄

맞아... 그때 결국 손 잡았었나?

-6년전-
두근
두근

깜짝

빰
빠밤~

노래 완전 잘한다
미친
와 멋있어
쩐다
갓효신
대박사건

♡ 그때랑 지금은 달라 ♡

6년 전 오늘,
진짜 딱 이런 날씨였어
완전 덥고 습하고...

근데 손 잡고 싶어서
괜히 지하철 안타고
한참 걸어갔잖아

미쳤었지 진짜...
이런 날씨에...
쓰담

더워
떨어져
부비

...
덥수룩

자기 6년 전엔 완전 멋있는 척 했잖아
괜히 인상쓰고 뒤집지고..
지금은 왜 안해?

지금은 그런거 안해도
멋있으니까

?

연하남

만약에 내가 처음 만났을 때부터
이렇게 장난치고 엉덩이춤추고
이런 모습이면 어땠을 것 같아?

?
흠...

애새끼구나...
했겠지

힝

-6년 전 버스-
와글
와글

연하라서 애 같을 줄 알았는데
하는 행동이나 대화가
의외로 어른스럽네...
오빠같아...

웃샤
많이 덥죠?
머리끈이
없어서...

퍼엉
?
두근
두근

나이가 무슨 상관이람

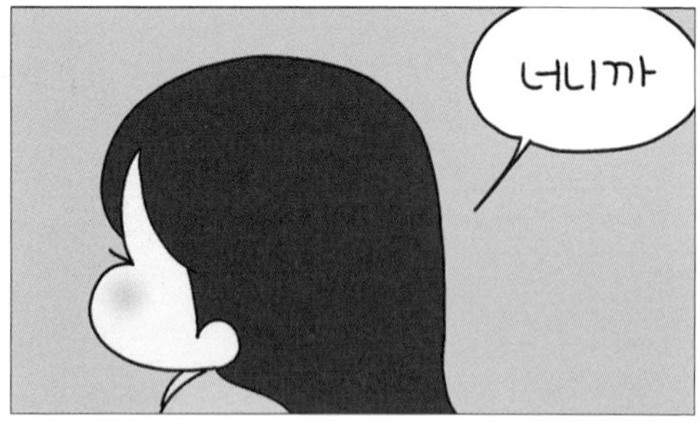

너니까 사귄것 같아
나이... 이상형
그런 거 따질 새도 없이
좋아지더라

-6년 전-
나... 누나가 좋아요

처음 만나서 이런 말... 믿기 힘들게
그래!

나도야! 좋아해!
(기다렸다는 듯)

?
사귀자~

이 사람이다!

얼마전에 고등학교 친구들이 우리 얘기 궁금해하더라구
그래서 말해줬더니 엄청 놀라더라
와구
와구

맞아 들은 사람들은 전부 놀라지 어떻게 하루만에 사귀냐고
근데 또 이렇게 오래 잘 만나냐고
친구들도
똑같이
물어보더라

그래서 뭐라고 대답했어?
...

걍...뭐...내가 운이 좋았다고 했지
엑
멋없어~

와.. 그럼 하루만에 사귄거야?
근데 이렇게 길게 오래 연애하기 쉽지 않을 텐데
와~

… 그냥 뭔가… 이 사람이다!
그런 느낌이 와

지금 생각해보면.. 내가 적극적인 성격도 아니고 낯도 많이 가리는데..
근데 딱 이 사람이다 라는 느낌이 온 후부터 멈출 수 없더라

미쳤었어
나 …

♡ 안 돼, 돌아가 ♡

오늘 ...
누나집에서 잘래요

두근

응
안돼

♡
박력
♡

야 솔직히 말해봐 그때 너 왜그랬던거야? 혹시 그런....

아냐! 진짜 아니야! 그냥... 너에 대한걸 더 알고싶었던...

난 널... 그냥 너라는 '사람'을 더 알고싶었을뿐이야 밤새 도란도란 얘기하고 싶었어 떨어져 있는 시간이 아까웠어

남자라고 무조건 그런 생각만 하는건 아니야
이 변태아줌마
으엑
쭈
우ㄱ

그 때 생각하니까 자기 박력 있는 모습 보고싶다
한번 해봐

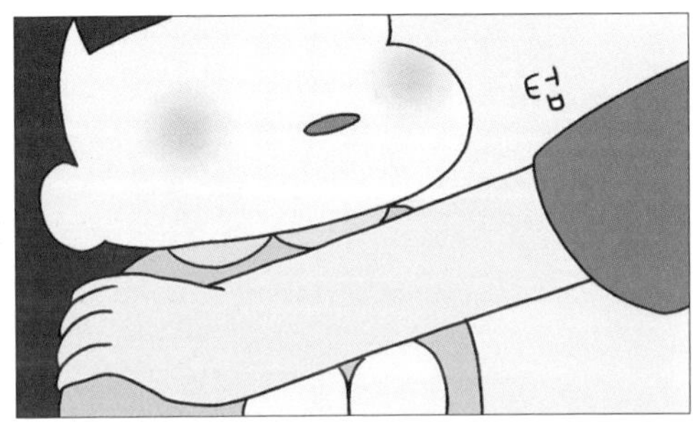
텁

...

어때?
귀여워...

♥ 손을 뻗으면 ♥

-6년 전-
스윽

누나 그거 알아요?
응?

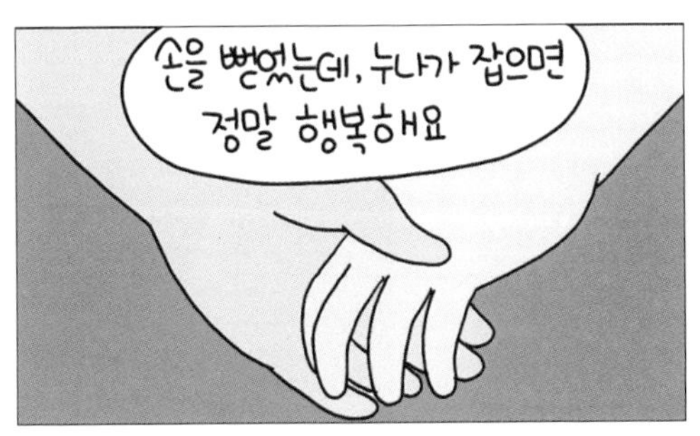
손을 뻗었는데, 누나가 잡으면 정말 행복해요

♡ 배고파서 그래 ♡

-6년전-
기분 안 좋아?
괜찮아

아무래도 현지가 우울해 보인다
왜 그럴까 …

LTE
Google
여자친구가 우울할 때

왜 핸드폰만 보고 있지?
집에 가고 싶은가…

기분 정말 이상하다... 6년 전이랑 같은 시간, 같은 장소에 오니까...

그러게... 6년 동안 우리 너무 많은 일이 있었다 그치

...
...

찌잉!

있잖아... 나는 지난 6년을 되돌아보면
꼭 눈물이 핑 돌더라

눈앞에 스치는 장면 하나하나가
영화같이 예뻐...
군복을 입었는데도 말야

예전엔 행복하면 웃어야지
왜 울지?라고 생각했는데

자기를 만나고나서 알겠더라

♡ 매일 기록 경신 중 ♡

자기는 여태까지
나 만나면서
제일 좋았던적이 언제야?
지금!

아니 대충 대답하지 말고...

진짜야 지금도 기록경신 중이야
난 자기가 매순간마다 좋아져

예쁜 말 했는데
반응이 왜그래!!
후비적

자기 완전 변했어!!!
첨엔 눈만 마주쳐도 감동이라더니

그땐 너라는 존재 자체가 감동이었지...
지금은 아니야?

지금은 뭐랄까...
눈만 마주쳐도 동감이랄까...

아무말이나 막 지어내지 마
헤헤

♥ 웃게 해줄게 ♥

자기는 나랑 왜 사귀는 것 같아?

음.. 같이 있으면 너무 재밌어!

보고 있으면 너무 웃겨
웃음이 터져나와

좋은 뜻인데 기분이 좀 이상하다?

-6년전-
연애는 서로 재밌자고 하는 거잖아

난 서로 감정 소모하면서 자존심 싸움하는 거
정말 시간 아까워

우리는 그러지 말자.. 그러기엔 1분 1초가 아까워

그럴 시간에 더 많이 마주보고 웃자
응!

여전히 예쁘다

사실 난 자기 만나기 전까진
정말 재미없게 살았어

그냥 태어났으니까
꾸역꾸역 사는 느낌이었는데...
나도야...

자기를 만나기 전까진..
온 세상이 회색이었어..

근데 자기를
만나고 나서부터...
드르렁

헤헤
안녕?

예쁘다…

푹

우리라서 좋아

1판 1쇄 인쇄 2019년 9월 20일
1판 1쇄 발행 2019년 9월 30일

지은이 남현지

발행인 양원석 **본부장** 김순미 **편집장** 차선화 **책임편집** 이슬기
디자인 RHK 디자인팀 강소정
해외저작권 최푸름 **제작** 문태일, 안성현
영업마케팅 최창규, 김용환, 윤우성, 양정길, 이은혜, 신우섭,
유가형, 김유정, 임도진, 정문희, 신예은, 유수정

펴낸 곳 ㈜알에이치코리아
주소 서울시 금천구 가산디지털2로 53, 20층(가산동, 한라시그마밸리)
편집문의 02-6443-8916 **구입문의** 02-6443-8838
홈페이지 http://rhk.co.kr **등록** 2004년 1월 15일 제2-3726호

ISBN 978-89-255-6783-9 (03810)